たべもののおはなし● おむすび

うめちゃんとたらこちゃん

もとしたいづみ 作

田中六大 絵

講談社

みなさんが、もし、うめちゃんとたらこちゃんに会《あ》いたい
と思《おも》ったら、まずバスにのって、「おべんとう三《さん》ちょうめ」
まで行《い》ってください。

おべんとう三ちょうめ

「おべんとう三《さん》ちょうめ」のていりゅうじょでおりると、すぐ目《め》の前《まえ》に、みどりのモコモコした家《いえ》が見《み》えます。

ブロッコリーさんの家《いえ》です。

そこで一度《ど》、しんこきゅうをしてみてください。

あま〜い、いいにおいがするはずです。

そのいいにおいをたどっていくと、黄《き》色《いろ》いたまごやきさんの家《いえ》につきます。

そう、そのいいにおいは、たまごやきのにおいなのです。

そのまま、たまごやきさんの家《いえ》の前《まえ》を通《とお》りすぎると、左《ひだり》にとりのからあげさんの家《いえ》。

そして、さかみちをすこしのぼったところに、どーんと大《おお》きな三角《さんかく》おむすびが見《み》えたら、そこがうめちゃんとたらこちゃんの家《いえ》です。

「うめちゃーん、たらこちゃーん！」
かわいい声《こえ》でよんだのは、
ミニトマトちゃんたちです。
「はーい！」
うめちゃんが、げんかんの
ドアをあけました。
ちょちょいとまいた黒《くろ》いのり、
ちょこっと見《み》える赤《あか》いうめぼしが
とってもかわいい、
げんきな女《おんな》の子《こ》です。

「おはよう、ミニトマトちゃんたち。
みんな、はやおきね！
たらこちゃんは、まだきがえのさいちゅうなの。」
うめちゃんは、うめが入《はい》っているおむすびで、お姉《ねえ》さん。
たらこちゃんは、やきたらこが入《はい》っているおむすびで、うめちゃんの妹《いもうと》です。
といっても、生《う》まれたのは、一分《ぷん》しかちがわないのですけどね。
うめちゃんとたらこちゃんは、ふたりでなかよくくらしています。

「おはよう。」

ようやくたらこちゃんが、げんかんの外《そと》に出《で》てきました。

「まあ、たらこちゃん、かわいい！

きょうは、しその葉《は》をまいたのね。」

うめちゃんにいわれて、たらこちゃんはちょっとはずかしそうに、くるんとまわってみせました。

「きれい！」

「いつも、すてきよね。」

そういって、ミニトマトちゃんたちがためいきをつきました。

たらこちゃんは、おしゃれが大《だい》すきな女《おんな》の子《こ》。

おぼろこんぶをまいたり、ごまをちょんちょんとつけてみたり、ときどき、みにつけるものをかえているのです。

「あ、そうだ！」

ちょっと大《おお》きめのミニトマトちゃんが、どうしてここに来《き》たのか、思《おも》い出《だ》しました。

「お母《かあ》さんがね、『ことしも、うめの実《み》がなったから、とりに来《き》てください。』って。」

そういうと、いっしょに来《き》た妹《いもうと》や弟《おとうと》たちが、

「とりにきてください。」

「ください。」

「うめぼし、つくるんでしょ？」

「いつ、くる？」

と、口《くち》ぐちにいいました。

「ありがとう。あとで行《い》くわね。

お母《かあ》さんによろしく。

カラスに気《き》をつけてかえってね。」

このあたりは、ときどきカラスがやってきて、みんなの体《からだ》をくちばしでつついたり、ものをもっていったりするのです。

それさえなければ、とてもくらしやすい平和《へいわ》な町《まち》なのですけどね。

スーパーマーケット

うめちゃんとたらこちゃんは、おひるごはんを食《た》べると、かごを持《も》って出《で》かけました。
とちゅうで、ふたりはお寺《てら》のじゅうしょく、たくあんさんに会《あ》いました。
「おやおや。ふたりでなかよくお出《で》かけかな？
ころんで、おむすびころりんにならないように。
カラスに気《き》をつけてな。」
「はーい！」
うめちゃんとたらこちゃんは、そろってへんじをしました。

「たくあんさん、いつも
『おむすびころりんに
ならないように。』って、
いうよね。」
うめちゃんが、
ちょっとわらって
そういいました。
「そうだね。でも、
おむすびころりんって、
なんだろ?」

「え？　たらこちゃん、しらないの？

むかしばなしだよ。

おじいさんが、おむすびを食《た》べようとしたら、おとしちゃうの。

それでね、おむすびが、ころころころがって、あなの中《なか》に入《はい》っちゃうって、おはなし。」

「おむすびがかわいそう！　よごれちゃったでしょうね。」

たらこちゃんがそういったとき、ふたりはミニトマトちゃんたちの家《いえ》にとうちゃくしました。

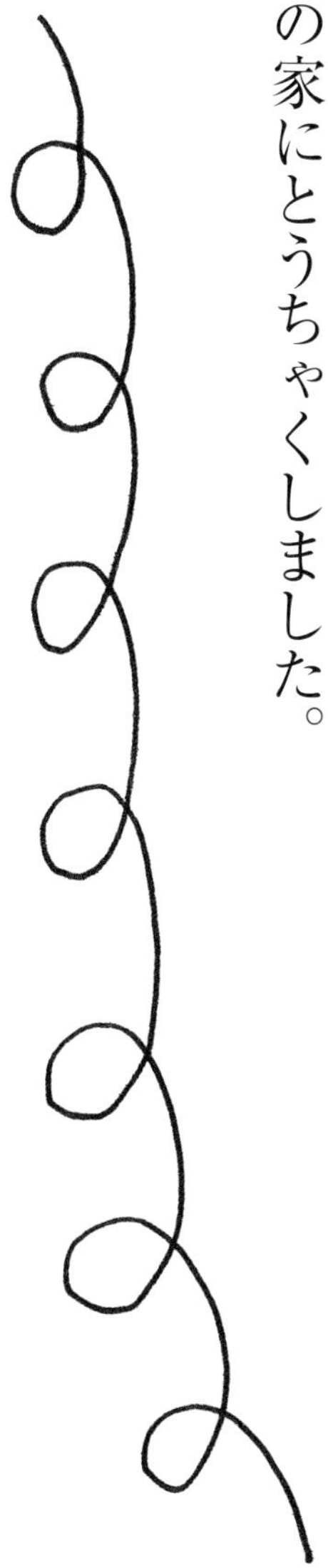

にわのうめの実《み》は、ちょうど黄色《きいろ》くなりかけて、うめぼしにするのにぴったりです。

きゃたつという、はしごにのぼって、うめの実《み》をもぐのは、いつものように、うめちゃんのしごと。

たらこちゃんは、下《した》できゃたつをささえる係《かかり》です。

しばらくうめをとっていると、さっき会《あ》ったばかりのたくあんさんが、にわの外《そと》を通《とお》りました。

「おや、また会《あ》ったな。

あはははは。おむすびが木《き》にのぼってる。

『さるかにがっせん』とおなじだね。」

たくあんさんは、ゆかいそうにわらって、行《い》ってしまいました。

「たらこちゃん、『さるかにがっせん』のおはなしは、さるとかにが、かきのたねとおむすびを、こうかんして、それで、さるがかきの木《き》にのぼるの。おむすびがうめの木《き》にのぼるのと、どこがおなじなんだろ？」

「うん。」

たらこちゃんはうなずきました。

でも、ほんとうはうめちゃんの話《はなし》なんて、ぜんぜん聞《き》いていませんでした。

べつのことを考《かんが》えていたからです。

「ねえ、うめちゃーん。わたしもうめ、とりたい。」

きょねんも、やってみたいと思《おも》ったのですが、いいだすほどではありませんでした。

でもことしは、（わたしもできそう！）と思《おも》ったのです。

「だめだめ。たらこちゃんは、おちたらたいへん。」

「おちないよ。気《き》をつけるから。かわってよー。」

なんどいっても、うめちゃんはかわってくれません。

うめちゃんにとって、たらこちゃんは、いつまでたっても、小《ちい》さな妹《いもうと》。

なれていない妹《いもうと》が、こんなところにのぼるなんて、あぶなっかしくて、見《み》ていられません。

「それより、見《み》て！
ことしのうめは、
こんなに大《おお》きい。」
うめちゃんは、
うめの実《み》をながめて、
にこにこしています。
「ケチ！」
たらこちゃんは
口《くち》をとがらせました。

かえり道《みち》、たらこちゃんがいいました。

「わたしも、うめ、とりたかった。

うめちゃんみたいに、きゃ！」

「きゃたつ」といおうとして、ころんでしまったので、そのまま「きゃ！」という、ひめいになってしまいました。

いつもなら、うめちゃんがすぐにかけよって、立《た》ち上《あ》がらせてくれます。でも、きょうは両手《りょうて》にうめの実《み》が入《はい》ったかごを持《も》っていて、それができません。

「たらこちゃん、だいじょうぶ？」

うめちゃんが立《た》ったまま、ききました。

「気《き》をつけて。ほら、しその葉《は》がめくれてる。
ごはんも、ぎゅっとむすびなおして。
せっかく、わたしたちのお母《かあ》さんが、心《こころ》をこめて、むすんでくれたんだから。」
うめちゃんは、なにかというと、
「せっかく、わたしたちのお母《かあ》さんが、心《こころ》をこめて、むすんでくれたんだから。」
というのです。

「わかってるよ！」

たらこちゃんはひとりで、えいっと立《た》ち上《あ》がり、よごれをはらいました。

そして、ぷりぷりしながら、めくれてしまったしその葉《は》っぱを、体《からだ》にはりつけました。

ごはんを上《うえ》からぎゅっぎゅと、自分《じぶん》でおさえると、

「うめちゃんの　いじわる！

いつも、いばってばっかり！」

といって、走《はし》ってさきにかえってしまったのです。

（うめちゃんたら、いつだってお姉《ねえ》さんぶって、わたしにめ

いれいするんだもん。たった一分《ぷん》、さきに生《う》まれたってだけ
で、えらそうに！）
たらこちゃんは、おこっていました。

うめちゃんが、いそぎ足《あし》で家《いえ》にもどると、またまたたくあんさんに会《あ》いました。

「おや、うめちゃん。ずいぶんあわてているな。ころんで、おむすびころりんにならないように……、あれ？」

うめちゃんは、たくあんさんの話《はなし》をさいごまで聞《き》かず、家《いえ》の中《なか》に入《はい》っていってしまいました。

そして、すぐに

「たらこちゃーん。」

と、よびかけました。

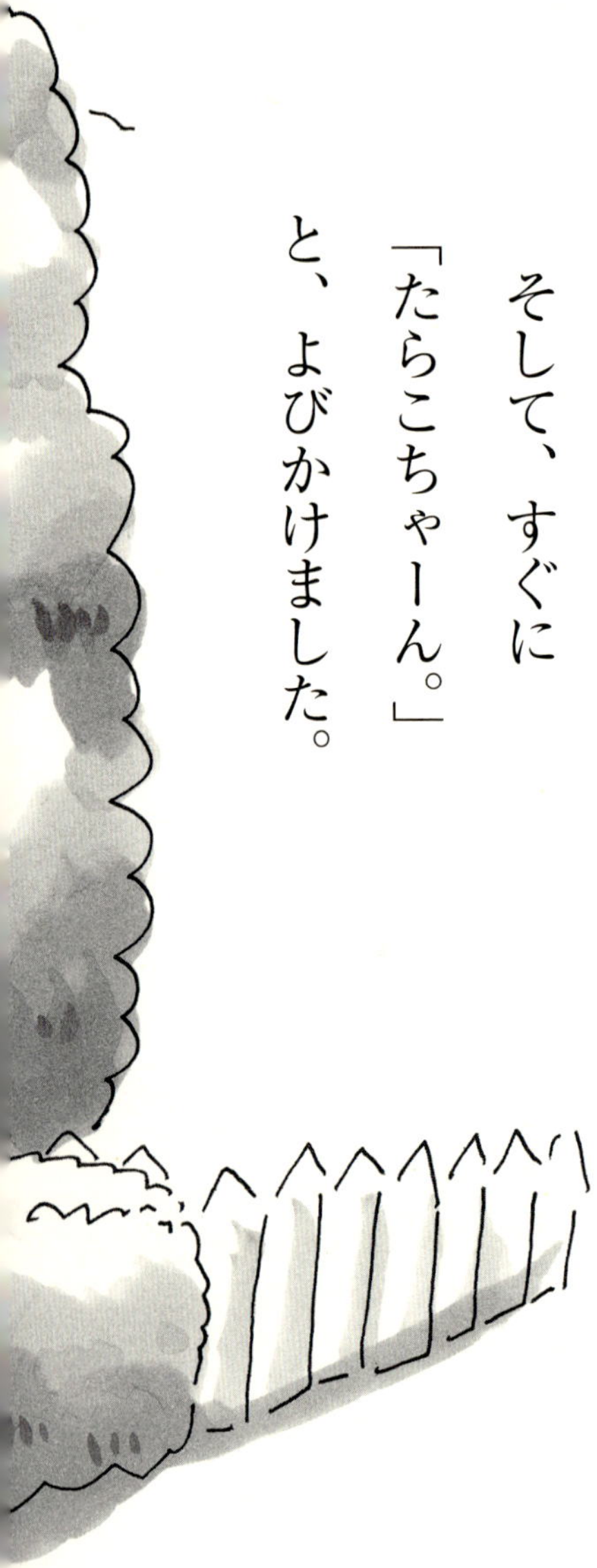

でも、たらこちゃんのへんじはありません。

「ふうー、しょうのない子《こ》ね。」

うめちゃんは、ためいきをついてから、うめの実《み》をざっとあらって、ボウルにあけました。

「ねえー。おてつだい、してくれない？」

大《おお》きな声《こえ》で、たらこちゃんにいいました。

すると、たらこちゃんのへやの中《なか》から、へんじが聞《き》こえました。

「やだ！　だって、うめぼしをつくるのは、うめちゃんのしごとでしょ？　わたしはたらこだから、かんけいないもーん。」

たらこのへや
ノックすること

しかたがありません。

毎年《まいとし》、ふたりでおしゃべりしながらやるのですが、うめちゃんは、ひとりでうめのへたをとりました。

それから、そのうめをていねいにあらって、たっぷりの水《みず》につけました。

こうして、うめのあくをぬくのです。

「たらこちゃーん、おなかすかない？」

「ねえ、ホットケーキ食《た》べなーい？」

うめちゃんが話《はな》しかけても、たらこちゃんはへんじをしません。

たらこのへや
ノックするこて

うめちゃんとたらこちゃんのわらい声《ごえ》がたえずひびいている、このおむすびの家《いえ》が、こんやはしーんとしていました。
その日《ひ》、ふたりは、ごはんもべつべつに食《た》べて、とうとう口《くち》をきかないまま、ふとんに入《はい》りました。
(ひとばんねたら、きげんもなおるでしょ。)
うめちゃんはそう思《おも》って、ねむりについたのです。

つぎの朝《あさ》になりました。

うめちゃんはいつものように、明《あか》るく
「おはよう!」

と、たらこちゃんに声《こえ》をかけました。

たらこちゃんは、もうおきていて、きょうはのりを頭《あたま》にくるんとまいていています。

「あら、すてき!」

うめちゃんがほめると、たらこちゃんは「ふん。」と、鼻《はな》でわらうだけで、なにもいいません。

これにはうめちゃんも、カチンときました。

(なによ！　かってにへそをまげちゃって。いつでもわたしがきげんをとってあげると思《おも》ったら、大《おお》まちがいよ！

たらこちゃんが口《くち》をきくまで、わたしもなにも話《はな》さない！)

うめちゃんはそうきめると、うめの実《み》にしおをまぶして、びんの中《なか》に入《い》れていきました。

(ひとりでやるほうが早《はや》いわ。だって、いちいちやりかたをおしえなくてすむんだもの。)

「ふふふ〜〜〜ん。」

うめちゃんは、たらこちゃんに聞《き》こえるように、わざと鼻《はな》

歌《うた》をうたいました。

たらこちゃんのほうは、うめちゃんがきゅうになにも話《はな》しかけなくなったので、どうしたんだろう？　と思《おも》っていました。

ほんとうは、もうしばらくして、うめちゃんのことがかわいそうになったら、ゆるしてあげようと思《おも》っていたのです。

でも、うめちゃんが話《はな》しかけてこなくなったら、なかなおりするきっかけがありません。

しかも、かわいそうどころか、うめちゃんは鼻歌《はなうた》なんかうたっちゃって、ひとりでもたのしそうにしているではありませんか。

「うめちゃーん、たらこちゃーん。」

たまごやきさんが、たずねてきました。

たまごやきさんの、ぱっと明《あか》るい黄色《きいろ》は、どんよりしていたおむすびちゃんたちの家《いえ》に、光《ひかり》が入《はい》ってきたみたいでした。

「そろそろ、うめぼしをつけるころでしょ？　うちのにわの赤《あか》じそが出《で》てきたから、つみに来《き》てって、いいに来《き》たんだけど……。」

たまごやきさんは、うめちゃんとたらこちゃんの顔《かお》を、かわりばんこに見《み》て、

「どうかしたの？」

と、ききました。

「え？　なんで？」
たらこちゃんが、
とぼけてききかえしました。
「なんか、いつもと
ちがうなって……。でも、
なんでもなければいいわ。
そうそう、たらこちゃん。
こんど、うすやきたまごを
くるっとまいたらどう？
きっとすてきよ。

ね？　うめちゃん。」
と、たまごやきさんが
いいました。
「そ、そうね。」
うめちゃんは、
あわててうなずいて、
「たまごやきさんは、
いつもいいにおいねー。」
といいました。

「あら、やだ。
あなたがただって、
ごはんとしお、
それにのりの
なんともいえない
おいしそうな
いいにおいが
するじゃないの。」
たまごやきさんは
そういって、

にっこりわらいました。

「じゃ、あとで来《き》てね！　おやつをよういして、まってるわねえ。」

たまごやきさんがかえると、うめちゃんは、すぐに出《で》かけるじゅんびをはじめました。

（たまごやきさんのおやつって、あのしっとりした、おいしいカステラかなあ？）

たらこちゃんは思《おも》いました。

でも、うめちゃんといっしょに行《い》くのはいやなので、がまんして家《いえ》にいようときめました。

うめちゃんは、たまごやきさんの家《いえ》につくと、さっそく、にわのすみにはえている、赤《あか》じそをとらせてもらいました。ひとりで、さびしそうにしているうめちゃんを見《み》て、たまごやきさんは、そっと話《はな》しかけました。

「ケンカでもしたの？」

うめちゃんは、こっくりうなずきました。

「やっぱりね。なんかへんだと思《おも》った。」

赤《あか》じそをとりおえてへやに入《はい》ると、たまごやきさんは、できたてのカステラをきってくれました。

いつも、たらこちゃんが大《おお》よろこびするカステラです。

うめちゃんは、たらこちゃんと口《くち》をきいていないことや、なにをしていてもぜんぜんたのしくないことを話《はな》しました。カステラも食《た》べる気《き》になれません。

「あのー、これ、持《も》ってかえってもいい？」

「もちろんよ。」

たまごやきさんは、カステラと赤《あか》じそをつつんで、うめちゃんに持《も》たせてくれました。

「早《はや》くなかなおりしてね。」

「ありがとう。」

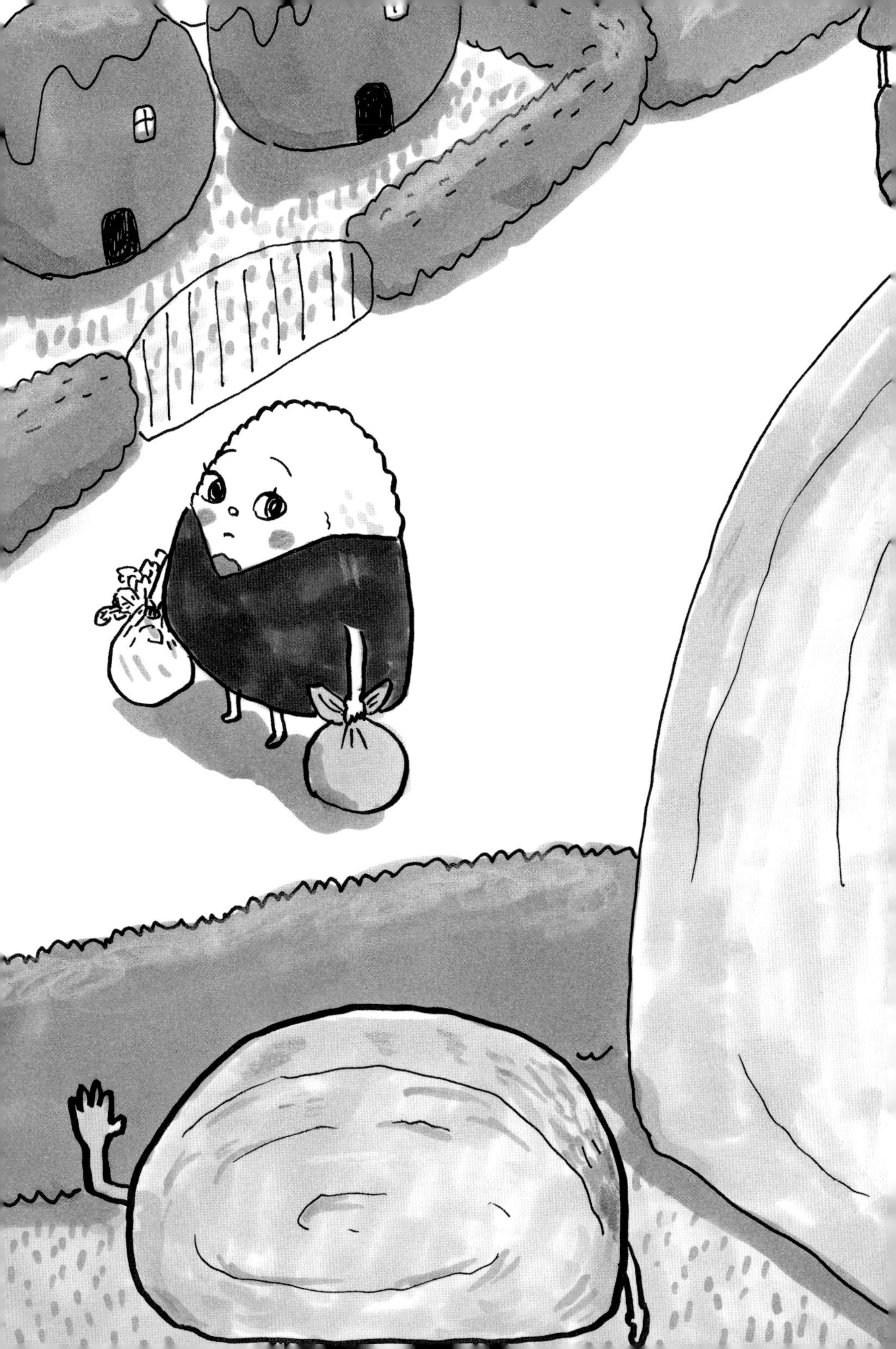

うめちゃんが家《いえ》について、門《もん》をあけようとしたとき、どこにいたのでしょう、カラスがすーっととんできました。

そして、うめちゃんが持《も》っていたカステラの黄色《きいろ》いつつみを、あっというまに足《あし》でつかんで、バサバサッととびあがりました。

「え？」

うめちゃんはびっくりして、ぽかんとしてしまいました。

（そ、それは

たらこちゃんの

おみやげなのに……。）

「かえして！」

うめちゃんの大《おお》きな声《こえ》を聞《き》いて、たらこちゃんが家《いえ》からとびだしてきました。

「うめちゃん、早《はや》く入《はい》って！」

そういって、げんかんのドアをあけました。

でも、うめちゃんは、家《いえ》に入《はい》るどころか、

「たらこちゃんのカステラ、かえして！」

と、カラスにむかっていきました。

スーパーマーケット

これを見《み》て、カラスはちょっとからかってやろう、と思《おも》ったのでしょう。
足《あし》でつかんでいた黄色《きいろ》いつつみをはなすと、こんどはたらこちゃんのところまでとんでいって、頭《あたま》ののりを、くちばしでつまみました。

こわさのあまり、声《こえ》も出《で》ないたらこちゃんを見《み》て、うめちゃんは、むちゅうでかけよりました。

そして、持《も》っていた、赤《あか》じその入《はい》ったふくろを、カラスにたたきつけたのです。

さすがに、カラスはびっくりして、くちばしをはなすと、
いそいでとんでいってしまいました。

うめちゃんとたらこちゃんは、カステラと赤《あか》じそを、さっとつかむと、すぐに家《いえ》の中《なか》に入《はい》り、かぎをかけました。

「たらこちゃん、だいじょうぶだった?」

「うん。うめちゃんもけがしなかった?」

ふたりは、そういったかと思《おも》うと、だきあって、わんわんなきだしました。

「うめちゃん、ごめんね。」

「ううん、わたしこそ、ごめんね。」

「たらこちゃん、あんまりなくと、しょっぱくなるよ。」

「うめちゃんも、のりがびしょびしょになっちゃうよ。」

そして、ふたりどうじに、こういいました。

「せっかく、わたしたちのお母《かあ》さんが、心《こころ》をこめて、むすんでくれたんだから。」

うめちゃんとたらこちゃんは、顔《かお》を見《み》あわせて、えへっとわらいました。

「そうだ、たらこちゃん、たまごやきさんのおいしいカステラ、いただきましょ。」

「うん！」

よくはれた朝《あさ》、おむすびちゃんたちの家《いえ》のにわでは、たのしげなわらい声《ごえ》がひびいていました。

うめちゃんとたらこちゃんが、うめをほしているのです。

「たらこちゃんも、ざるにならべるの、やってみる?」

うめちゃんがきくと、たらこちゃんがうれしそうにうなずきました。

「うん、やるやる!」

「おやおや、たのしそうだな。」

にわのかきねのむこうから、たくあんさんが顔《かお》をのぞかせました。

「ことしも、おいしいうめぼしができそうだな。」

「できあがったら、たくあんさんのところにも、持《も》っていきますね！」

うめちゃんがいうと、たくあんさんはうれしそうに、

「それはた〜〜〜〜！」

たのしみだ、といおうとして、ころんでしまったのです。

たくあんさんは、さかみちをころがっていきました。

「まあ、たいへん！」
うめちゃんとたらこちゃんは、いそいで外《そと》にとびだしました。
さかの下《した》までころがっていったたくあんさんが、てれくさそうに、ひらひらと手《て》をふっています。

「だいじょうぶ。たくあんころりん、だよ。」

そういって、たくあんさんは、はははとわらいました。

おむすびのまめちしき

おむすびがもっとおいしくなる
オマケのおはなし

おむすびは日本《にっぽん》のたべもの

このおはなしの中《なか》には、むかしばなしの名《な》まえが二つ、出《で》てきました。おぼえていますか?

そうです。『おむすびころりん』と『さるかにがっせん』です。(『たくあんころりん』は、むかしばなしではないので、はずれです。)それでは、なぜ、むかしばなしにおむすびが出《で》てくるのでしょう?

それは、お米《こめ》がむかしから日本《にっぽん》にあって、とてもみぢかなものだったからです。それに、お茶《ちゃ》わんに入《い》れたごはんよりも、手《て》でにぎったおむすびのほうが、外《そと》に持《も》っていって食《た》べるのにもべんりですよね。

ただ、むかしは、白《しろ》いお米《こめ》がいまのようにたくさんはありませんでした。『おむすびころりん』のおじいさんが持《も》っていたおむすびは、やさいやおいもをまぜてすこしやいた、やきおにぎりだったかもしれません。

※おむすびは、「おにぎり」ともいいます。

おむすびを自分《じぶん》でつくってみよう

おいしいおむすび、自分《じぶん》でつくると、もっとおいしくなるかも。おうちの人《ひと》といっしょにつくってみましょう。

❶手《て》をぬらして、塩《しお》をひとつまみ、手《て》のひらにのせてのばします。

❷なるべくあたたかいごはんを、おむすび一つぶん、手《て》のひらにのせます。

❸そこから、すきな形《かたち》ににぎります。あまりぎゅうぎゅうと力《ちから》を入《い》れすぎずに、心《こころ》をこめて、むすびましょう。

❹のりをまいたら、かんせいです！

中《なか》に、しゃけやおかかなど、すきな具《ぐ》を入《い》れてもいいですね。外《そと》がわも、のりやしそ、おぼろこんぶなどをつかって、かわいくかざってみましょう。うめちゃんやたらこちゃんにそっくりなおむすびもつくれるかも？

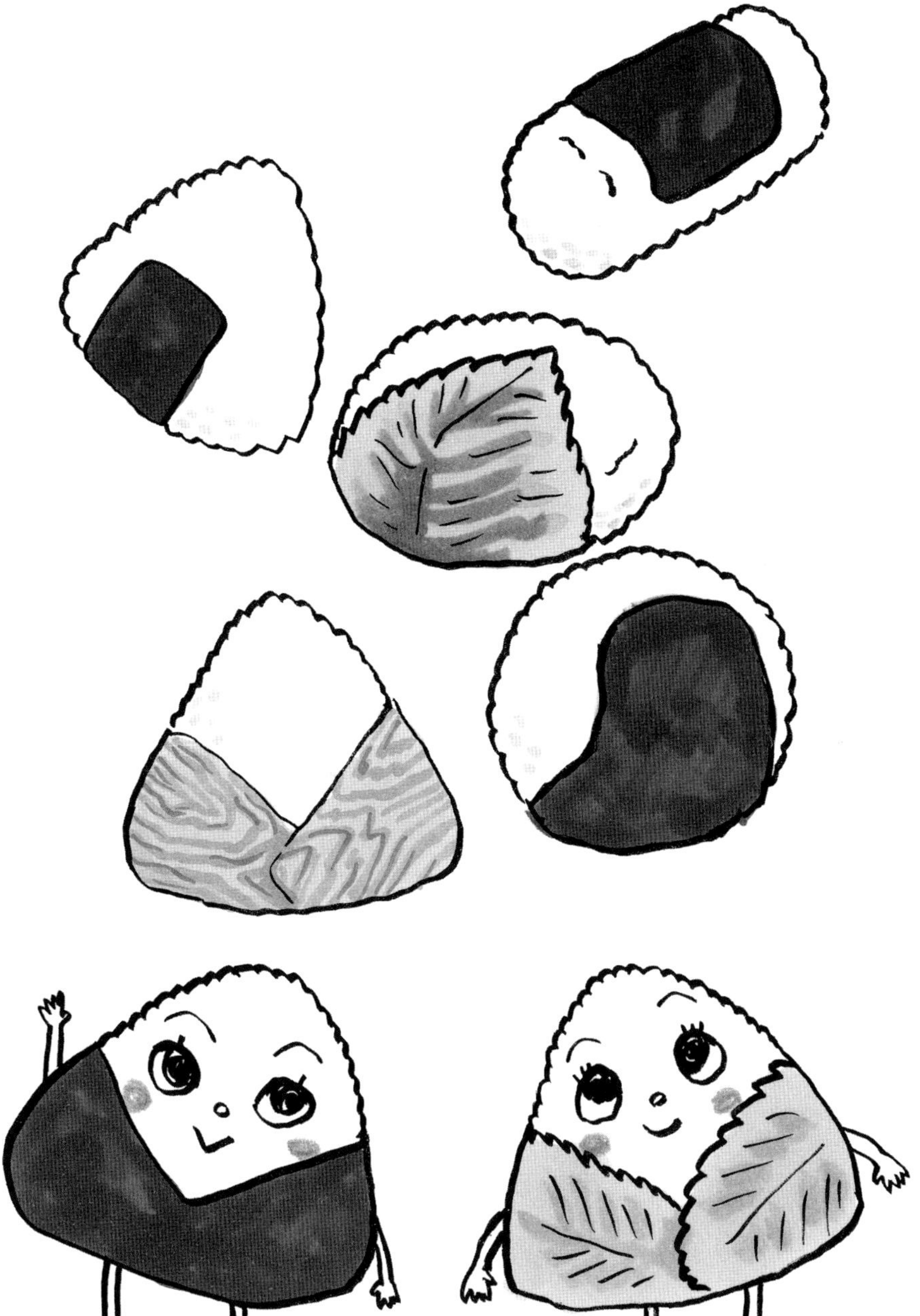

もとしたいづみ

出版社勤務を経て、子ども向けの作品を書きはじめる。『どうぶつゆうびん』（あべ弘士・絵、講談社）で、産経児童出版文化賞ニッポン放送賞、『ふってきました』（石井聖岳・絵、講談社）で、日本絵本賞、講談社出版文化賞絵本賞を受賞。その他の作品に「狂言えほん」シリーズ（講談社）、「おばけのバケロン」シリーズ（ポプラ社）、『こぶたしょくどう』（佼成出版社）、エッセイ集『レモンパイはメレンゲの彼方へ』（ホーム社）など多数。

田中六大｜たなかろくだい

1980年、東京都生まれ。『ひらけ！なんきんまめ』（竹下文子・作、小峰書店）で、産経児童出版文化賞フジテレビ賞を受賞。その他の作品に「日曜日」シリーズ（村上しいこ・作）、『ドキドキ新学期』（はやみねかおる・作）、『しょうがっこうへ　いこう』（斉藤洋・作）、『いちねんせいの１年間　いちねんせいに なったから！』（くすのきしげのり・作）、『交番のヒーロー』（如月かずさ・作）、自作絵本『うどん対ラーメン』（以上、講談社）などがある。

装丁／望月志保（next door design）
本文 DTP ／脇田明日香
巻末コラム／編集部

たべもののおはなし　おむすび
うめちゃんとたらこちゃん

2016 年 10 月 25 日　第 1 刷発行
2020 年 2 月 3 日　第 3 刷発行

作　もとしたいづみ
絵　田中六大《たなかろくだい》
発行者　渡瀬昌彦
発行所　株式会社講談社
〒 112-8001 東京都文京区音羽 2-12-21
電話　編集 03-5395-3535　販売 03-5395-3625　業務 03-5395-3615
印刷所　豊国印刷株式会社
製本所　島田製本株式会社

N.D.C.913 79p 22cm ©Izumi Motoshita / Rokudai Tanaka 2016 Printed in Japan
ISBN978-4-06-220265-7